さかがみ　さちこ

別離《わかれ》とのたたかい

新潮社
図書編集室

目次

装幀／新潮社装幀室
カバー写真／iStock.com / ngkaki

第一章　不思議な夢

第一章　不思議な夢

二〇二一年（令和三年）四月五日、それは、まるで空から節子に語り掛けるように、ひときわ大きい星が燦然と輝く夜であった。

離婚訴訟の裁判が予想以上に長引いて、早くも六年目に入っていた。疲れ果てていた奥河節子は、窓から美しい夜空を見た時は嬉しく思っていたけれど、夕食の時間が遅くなってしまったこともあり、少しでも早く横になりたかった。すぐカーテンを閉めた後、急いで夕食の片づけを終えた。

再発した足の痛みもありヨロヨロしていた節子は、グッタリして疲れと共に寝室に入った。倒れるようにベッドに潜りこんで、すぐさま眠りについた節子は「不思議な夢」を見た。それは「まるで、私の味方が一挙に集まって来たみたい！」と、目を丸くするような夢であった。節子が今まで見たことがないような、不思議な夢だった。

すでに天国へ引っ越したはずの節子の両親、祖父母、そして恩師たちの顔が、白い大雲の中から代わる代わる、節子の目前に大きく現れて、ニコニコしながら語り掛けたのである！

柔らかい表情で明るい笑顔を見せながら「元気を出しなさい！」という亡母の声から始まって、彼等は次々と節子に話しかけて来た。愛する人々は、思いもかけない場面に現れて、「ちゃんと見ているよ！」とか、「大変だったのに、良く頑張ったねえ！」と言いながら、一人一人が温かい笑顔で、節子を励ましてきた！

今まで見た事も無い場面にビックリ仰天した節子は驚きのあまり、パッと目が覚めてしまった。そしてベッドに座り込んだ節子の脳裏には、過去の体験がふんわりと浮かび上がって来た。

第一章　不思議な夢

この四月五日という日は、偶然にも二〇一四年（平成二十六年）桜の咲き誇る春、天寿を全うした実母と、自分の生き方に悩んでいた節子との別れの日でもあった。亡くなる三日前、病室でこう話していた老母の言葉を、節子はジンワリと思い浮かべた。

「もうすぐ私は、この世から消えるかもしれないけれど、九十歳を過ぎてからの別れは、ちっとも悲しい事ではないのよ……。振り返れば、今まで色々な苦労をして来たはずなのに、いまだに、『精一杯、生きて良かった！』という安堵感が消えないってことは、客観的に見れば、私自身きっと幸せだったのねえ……。

この世に残されている人々には、感謝の気持ちしかない上、これからの私は天国に行ってお父さんをはじめ愛する人々と再会できるのだから、悲しまないでね。

人生を堪能してから消え去ることは、決して不幸な話では無いのだから、私が亡くなる時に寂しさを感じても、なるべく涙を見せない事を約束して欲しいの。どうか私を笑顔で見送って頂戴……頼んだわよ！」と、弱ってゆく体力の中で、優しく微笑みながら話したのだった。翌日より、その母は急に話すこともできなくなった。その二日後の朝、美しい青空に向かって、老母はサラリと引っ越しをしたのであった。

母との約束を守れないまま涙が止まらなかった。そのことを思い出した節子の脳裏には「実母」から「亡母」に変わった当時の鮮烈なる記憶が、ひときわ懐かしく浮かび上がって来た。

二〇一五年春、亡母の一周忌を終えた節子は、離婚するために、同年の秋家出を決行したのであった。

二〇一七年（平成二十九年）、家出をしていた節子が自宅へ戻るための必須条件として、夫側より作成された、「自宅権利より四分の一を夫に譲る事、妻の自宅に夫の個室を残す事、生活費の送金をゼロとする事など、夫の要望全てを認める契約書に、署名して印鑑を押す」という脅し文句に満ちた文書が、節子の署名捺印と共に、裁判所に提出された。

なぜなら、節子は道路で倒れ救急車で運ばれた病院で長期入院を終え退院した直後であったため、弱り切った体力の中、ひたすら自宅に戻りたいと思っていた。節子は夫の思い通りに作成された契約書に従わざるを得なくなり、迷う以前に「生きるか?死ぬか?」の思いで決断した。

夫は、契約書により自室をもつ権利を得ながらも税金はおろか食費すら一円も払わず、妻が早く死ぬことをひたすら望んでいたことに変わりは無く、むしろその願望を益々強めようとしていた。

そんな夫に限界を感じた節子は、減額された年金と、僅かな配当金による生活に不安を覚え始めた。この時までお世話になった弁護士に感謝しながらも継続して依頼することは、経済的にも諦めざるを得なくなり、それ迄の経費及び礼金を支払うと同時に、再度の契約を断ったのだった。

（注：二〇一五年秋より始まった離婚訴訟の裁判の件は前著『とある・カップル＊続編』に掲載のため、概要の一部のみ記載）

この時以降も続く離婚訴訟の裁判にて、一人で戦うことになった節子は気持ちを切り替えようとした。「退職して仕事の無い夫にとって唯一の息抜きであった、妻イジメを主とする同居生活から離れて、堂々と別居出来るようになっただけでも有難いこと！」と考えるようになり、自宅に戻った後、「頭を使うことの多い裁判から、早く身を引きたい」と願っていた。

節子は貴重品や自転車、家庭用電話機など次々処分して、一日三食を二食に減らした。あらゆる節約を試みた節子は「貧困生活の大変さ」を味わいながらも、実態と正反対の形で得られる「精神的純益が自然に湧き出ること」を「清らかな小川の流れ」のように感じていた。「敬語を使い忘れただけで、夫から怒鳴られるためにメチャクチャ気を遣っていた生活」を振り返れば、「気楽に呼吸が出来る、ごく普通の生活」が実に有難く、「貧しい老女」が、いつのまにか「心の大富豪」に変身したように感じることが、笑顔と共に増えて来た。

しかも若い頃に買ったバーゲン品の中で今まで着る勇気の出なかった服を、まるで新品のような気分でオシャレに着こなせる面白さと、いつのまにか溜まっていた古い服も、味わいのある色合わせを工夫次第で楽しめることは、節子にとって大発見であった。

単なるお世辞とは言え「素敵な新品のお洋服ね！」と、近所の人から褒められると節子は嬉しくなり、「実は昔の服なのよ」と、馬鹿正直に自慢（？）していた。

そしてまた、現状における生活苦や夫の悪口など話したくないため、「会話はゼロ」という孤独な生活にも慣れて来た。

ところが、ほとんど声を出さない暮らしにバッチリはまっていた節子は、たまに行く買い物の時に出会う隣人と会話しようとした時、何か話そうとしても急にノドが詰まり、会話が途切れてしまう事に気づいた。「声が出にくくなっている！」という思いもかけない症状に驚いた。

　これを機に、なるべくいつでも声が出せるように、節子は毎日テレビに向かって話しかける事にした。より明るく過ごすため発声練習を欠かさないようにして、時には童謡を歌ったりもした。

　いかなる環境に置かれても、笑顔だけは絶やしたくないと思っていた節子は、老いと共に、弱りゆく体力に対して、可能な限りの工夫を重ねていた。

　精一杯の工夫をしながらも、二ヵ月に一度は繰り返される裁判ではノラリクラリと逃げて長引かせようとした、妻の餓死を望む夫の作戦により、戦いは長引く一方であった。

　既に弁護士を断り孤独な戦いの中、裁判が思うように進まないばかりか節子自身が損する結果になってしまうという問題が増えて来た。明るさを求めても暗さが忍び寄ってくる日々、裁判所で「担当の弁護士を頼んだ方が良いですよ」とアドバイスされながらも、その勇気が出ない上「夫からやられっ放しの絶望感」に、悶々としていた。

底知れぬ絶望感に襲われ節子がグッタリとし始めた時、あの「不思議な夢」を見たのだ。亡母から勇気づけられたような気がした節子は、いつのまにか元の笑顔を取り戻していた。「そうだ！　もう会えなくなった母とは言え、私の心の中では今も生きている！　タップリと愛を持って空から私を見守っている事を知らせるためにニコニコ顔で夢の中に現れたに違いない！　暗い話が出ることを恐れて、親しかった友人をはじめ誰にも会わないようにして来たため、牢獄生活を続けているような思いが消えてくれない離婚裁判の真っ只中だけれど、もう暗い方向には考えるまい！　なにかと大変だけど、近い将来、この裁判はきっと明るい結果に終わるはず……！　とにもかくにも、来たる『判決の時』を待つ事にしよう！

『今まで真正直に生きてきたことが唯一の誇り‼』と、自分を信じて戦えば良いのだ！

だけど、巧妙な夫の手段によって、孤独な立場である私の方が負けるかも知れない……しかし、たとえ負けることになっても、毅然たる態度をもって堂々と乗り越えよう！

生き抜くために何かを模索しなければならない時が来るかも知れないけど、何が来ようと全てを受けて立つのだ！　与えられた運命は、成るようになる！」と考えて、自分を励ましていた。

しかしながら、裁判では「夫の本心」が次々と明るみに出るため、それまで節子自身が気づかなかった「愛のかけらも無い残酷さ」に対する絶望感が、ブクブクと湧き上がって来た。

「人間だもの短所があって当然！　結婚して五十余年の夫婦なら、たとえ揉め事が起きても互いに話し合って、許し合えるはずなのに私達には出来なかった。残念でならないけど、離婚した後も古い知人として、温和な付き合いが出来るよう過去の仕打ちを忘れよう！」等々めでたい考えばかりを持ち続けてきたことが、極めて幼稚で恥ずかしい事に思えて来た。

裁判の真っ只中、溢れる涙で目を潤ませながら節子は自問自答した。

「何故、気づかなかったのだろう？　苦労することがわかりきった復縁に応じてしまった若い頃の過ちに鑑みれば、すぐに夫を信じてしまう自分の甘さにもホドがある！　失敗の多さではトップクラスにいたことを自覚して、私自身が難関を乗り越えねばならない！」

難関を乗り越えて行く決意をした節子は、その時すでに満七十五歳となっていた。

若い頃は「七十歳を過ぎた人は、完全なる老人」と思い込んでいたけれど、現実には「あっという間に七十歳を過ぎただけ！」というのが実感で、性格は変わらないのに体は自然に老いていた。

高齢化の速度とはこうである。中年の頃に比べて四倍の速さ、つまり中年には三ヵ月の重さに感じる疲労感が、高齢者なら四倍となる十二ヵ月分の重さに感じてしまうのだ。それが老化速度の実態である。

しかもその老化速度は年齢と共に速くなり、中年なら三ヵ月に感じるものも、高齢者には一年分以上の弱化現象を痛感させる疲れと老いが、高速のスピードにて迫り来る現実が待っているのだ。

節子も同じく、あっという間に年齢を重ねて来たため、この現実に対して、文字通り「驚き、桃の木、山椒の木！」と、叫びたくなるような心境に襲われていた。七十歳を過ぎたからと言って、いきなり「老人」に変身する訳ではない。それどころか、何かを感じる気持ち自体は、若い頃と殆ど変わっていないのにも拘わらず、外見は着々と老女に変身している節子もまた「確実なる老化現象の流れ」に乗っていた。

ある朝、ヨロヨロしながらも軽い体操をした後、少し元気をとり戻した節子は、あと数年もしくは数十年、残されている人生を温和に過ごすため、気持ちを切り替える事にした。

そのために『厚かましくも自分が二十五年位、若返っているように考えること』

にして、あらゆる経験を若々しい感性で捉えようとしたところ、かえって気が楽になって来た。

気が楽になって来たとは言え、天候と同じで素晴らしい晴れの日や雨がザンザン降る日を体験しながらも、残された寿命のある限り生きて行かねばならない年齢である。

本来ならば、興味が持てる勉強を続けていれば思考能力が定着しそうだけれど、そうは行かない！　現実にはなんでも片っ端から忘れてしまうため、気持ちが不安定になりがちな高齢期を迎えた現状……。「忘れっぽさでは天下一品！」という自信（？）が強くなってきた節子は、例年通り「より良い生き方とは何か」について再び思考してみた。その結果、もの忘れが多くなったことに対する自己嫌悪を避けるため、どんな事でもすぐさまメモすることを決めた。

「心は五十歳のつもりでも、外見や体力はすでに百歳に到達しているのかも知れない！　どんなに衰えても、老いたる笑顔を周りに振りまきながら精一杯乗り切って行こう！

忘れっぽくなった老女であることを自覚して、その分だけ若い頃より多目に勉強する意欲を保って行けば済むこと！　カンタン！　簡単！　と、楽しみながら過ごせば良いのだ。

もしも百歳の女性が、七十五歳の私を見たら『二十五年もの年齢差』に対して、きっと羨ましく思うに違いない！　そうだ！　私の方が、百歳になった時を想像してみよう！　天から与えられる人生において、本日が最も若い時！　と考える事しか手はない！」と、今まで求め続けたポジティブ思考を再び思い返した節子は、長引く裁判の不安もあったが、一皮むけたような安らぎを感じていた。

そして「家出先から自宅に戻って四年」の月日が、あっという間に流れて行った。

二〇二一年（令和三年）、天国の亡父母たちから励まされた夢を見た時から僅か三週間後の四月下旬、夫側の弁護士より、節子をビックリ仰天させるような文書が届いた。

一回目の裁判時から夫側についていた三人の弁護士名が記載された正式な「通知書」だった。その内容は……

「……貴殿は本件不動産を占有する理由が無いことから……本件不動産を、速やかに明け渡すよう、本書面をもって請求致します。

つきましては、本書面到達後、二週間以内に、明け渡しの時期をお教えいただきますよう、お願い申し上げます……」であった。

読み終えた節子は、頭をガーンと殴られたようなショックを覚えた。まるで脅迫状のような書類を持ったまま、ブルブルと震えが止まらなくなっていた。

節子が家出した時に頼んでいた弁護士はすでに断った後であるため、この「通知書」を読んだ後、「我が家から追い出されるかも知れない！　しかも、この建物明け渡しと共に、それまでの家賃として、月に十五万円の支払いまで要求されるなんて、信じられない！」と、最悪の絶望感を味わった。節子の目には、久しぶりの涙がとめどなく溢れ出てきた。

「年金問題が出た時もその時は担当の弁護士がいなかったため、長期間待たされたあげく、つい先月、結果的には、先方の思い通りに本来の取り分より三分の一以下で承知せざるを得なかったばかりなのに……。どうしよう！　どうすれば良いのか！　どうする事も出来ないのか？」という危機感を覚えた。困り果てていた節子の脳裏に「そうだ！」と、ある件がフワリッと浮かんで来た。それは、たった一人で裁判にて戦う大変さに直面した節子が、市役所の「法律相談」に駆け込んだ一年前の秋のことだった。初めて会った弁護士の名刺を、ずっと大切に保管していた事だ。

節子はすぐさま、名刺にあった法律事務所に電話をかけて、弁護士に再会できることになった。一年前の初対面の時より半年間、経済的に不安定だったため、新しい弁護士に頼むことを節子は諦めていたが、自宅から追い出されそうになる土壇場に追い詰められた時、つまりあの危機感を覚えた二〇二一年四月下旬に、この弁護士の存在を思い出せたことが嬉しかった。

「先生の名刺を持っていて良かった！」と、大きな溜め息をついて、心の底から安堵した。

この先も果てしなく続きそうな夫からの執拗なイジメに対して、絶望すら感じていた節子は、この弁護士の存在に「ほんのりと照らしてくる、温かい救いの灯」を感じていた。

第二章　過ぎ去った過去

長引く裁判を新たな気持ちで受け止めて、笑顔で乗り越える予定だったにも拘わらず、二〇二一年四月下旬に届いた、夫側からの脅迫状のような「通知書」によって、自宅から本格的に追い出されそうになった節子は、改めて裁判と向き合う決心をした。この節子の依頼した弁護士により、夫からの「追い出し作戦」は不発となったため、節子はホッとしていた。

ホッとしながらも、裁判をスタートさせた頃に体験した二点の出来事が、フワッと浮かんで来た。暖房機も無く寒さに凍《こご》える部屋で最悪の正月を迎えていた節子の生活を知りながら、その同時期に夫は、関東地方への旅行を楽しんだ後、息子宅を訪問していた。その目的は「わがままな妻に家出され被害者となった哀れな父親に対する同情心」を買うためであった。しかも夫は「父親を切り捨てようとした冷酷無比な母親への憎悪心」を更に深く息子に植え付けた結果、益々ぶっちぎりにされた母と息子の縁は完全に破壊された。しかも、この件を得意そうに節子に伝えたのは、他でもない夫本人であった。

裁判が始まった二〇一五年秋、息子と電話することも可能だったのだが、久しぶりに話をした際、まるで父親に感化されたような、母親をバカ者扱いすることが増えていた上、罵りの言葉が続いた。そのため、グサグサに傷つきながらも耐えていた節子は、ある日ついに爆発したのだ。

「何故、こんなに長期間にわたって親不孝を続けるのか！　昭和五十七年に再婚して以来、ずっと我慢し続けて来たけれど、もし天罰が弱い者に当たるとしたら、まだお腹にいる時に長男を失った嫁が可哀想すぎる！　母親を傷つける言葉を浴びせ続けている事に気づかないなら父親になる資格も無くなるかもしれない！」と。

「最後の電話になるかもしれない！」と覚悟して、溜まりに溜まった怒りをぶつけたものの、すでに洗脳されていた息子には通じなかった。暇にあかした夫の名演技が功を奏して、母と息子の関係は、完璧な絶縁状態となった。

そしてまた、節子が家出を決意した際、特に親しい友人も無い夫のために力になってもらえそうな牧師に夫婦の実態を正直に伝えて来たものの、節子自身、当時は相談に頼り過ぎていた。「……持って生まれた性格は、誰にも治せないため、一日も早く離婚するべきです。私から、ご主人を説得して励ましたい」と仰った時の牧師は高齢であったため、節子が家出を決行した時は既に天国へ召された後であった。節子にとって大きな支えだった教会の後を継いだ牧師夫妻も人柄が素晴らしいため頼っていたにも拘わらず、四人で話し合った際の牧師夫妻による気配りを、夫は裁判にて悪用した事に節子は驚いた。夫の言い分とは「妻の家出後、教会で何度か話し合いの場を作って下さり、私達夫婦が仲直りする事をお望みになった牧師夫妻は一度も離婚を勧めなかったし、常に夫である私側の味方だった」というもので、その表現に驚いた。

これらの出来事は、節子が忘れようとしてもすぐ思い出してしまう「痛みに満ちた記憶」で、息子をはじめ笑顔の多かった節子の人間関係は、夫が間に入る度に次々と潰されていった。

二〇二二年三月に、裁判所より正式に「判決言い渡し」が届いた。

「……原告の請求はいずれも理由があるから認容することとし、主文のとおり判決する」と書かれた判決文を読んだ瞬間、節子はブルブルッと震えた。目には嬉し涙が溢れていた。「真正直に生きて良かった！　思いもかけない反論をされたため裁判が長引いたものの、ひたすら離婚を求めて提出した、文書の全てが認められたのだ！」と、この「判決書」に興奮していた。気持ちが落ち着いた頃にテレビをつけると、あの戦争が、大ニュースとして放送されていた。この事に驚いた節子は、この戦いについて、しみじみと考えさせられた。「ロシアのウクライナ侵攻」が始まった同年二月二十四日は、節子が「判決言い渡し」を待っていたさなかであった上、これほど戦争が長引く事など、夢にも思わなかった。

なぜなら、テレビで「争っているウクライナ人とロシア人は、元々仲が良かった」という報道番組を見た後であったため、「すぐに終わる戦争」という思いが強かったのだ。

「戦争ほど醜いことは無い」にも拘わらず、自由を失う戦争によって殺し合うことになった双方の兵士たちにも、当然ながら愛する家族が待っている。

人間として生まれた以上、本来なら誰もが希望を持ち、笑って過ごしたいと思っていたに違いない！　敵同士であっても、それぞれ幼い頃に遊んだ時や、おやつの時間を楽しむ時の笑顔が、みんな同じであるならば、同じ笑顔で過ごせるように戦争を止めて平和を求める国々であって欲しい！

生まれたばかりの赤ちゃんを抱いた母親は「人殺しに繋がる戦争に加担する我が

子の姿」など、想像もしていないはず！「相手をやっつけたい！」という思いが強まると同時に、大なり小なりの戦いが始まる。「結婚して妻イジメを快感とする心と、戦争にて敵方へのイジメを快感とする心」は、どこか似ているような気がしてならない。

身内の死を悼むウクライナ人が泣き悲しんでいる映像を見て心を痛めていた節子は、「敵も味方も関係ない！　争うことの醜さを互いに知って欲しい！」と一日も早い戦争の終結を祈ったのだった。

大変な戦争のニュースが報道される中、裁判の結果報告に節子が喜び感動したのも束の間その二週間後に届いた、夫による「控訴」（注：第一審の判決に不服のあるものが裁判所に審理やり直しを求める訴訟の手続き）によって、裁判が長引く事となった。この延長作戦を知った節子はかなりのショックを受けて、驚くと同時に、心底ガッカリとしていた。

「ビックリしましたね！　だけど大丈夫ですよ！」と、新弁護士より励まされたことが大きな支えとなり有難く感じたものの「悪化する一方である夫の言動」には参っていた。

平均して二ヵ月に一度は法律事務所に通いながら、弁護士に裁判を委ねる事となった。「出来るかぎりこの裁判を延長させて、妻を経済的にも苦しめ早死にさせようとする夫の願望」が丸見えなので悲しかった。

そのためか「控訴」を受けて以来、節子は睡眠薬も効かなくなるほど夜も眠れず傷ついていた。まるで新たなる黒雲のように迫り来る「絶望感」に襲われながらも、「希望」という名の衣《ころも》を着た弁護士が、節子の前に現れたような気がして少しずつ落ち着きをとり戻し始めていた。「老夫婦の戦い」は、「弁護士の戦い」の形に変貌していた。

目を閉じると、この「絶望感」と「希望」という名の衣を羽織った、二人の弁護士が、「カタン・コトン」と上下するシーソーに乗っているのが見えるようだった。

悩みを抱えた時の節子の心の中では、「憎しみの悪と、恵みの善」が、シーソーに乗って上がったり下がったりしていた。「離婚を求める裁判」で終結を待つ立場の節子は、自らの過去を思い出していた。

一九六九年三月より揺れ始めた、「忘れられないシーンの数々」が、再び節子の心の中に浮かんで来た。結婚、離婚、復縁、別居、再同居、家出、そして、再び別居（家出先から自宅に戻る）となる七大事件の全てを節子は体験していた。若い頃に知り合った夫が実は大酒飲みである事に気づかぬまま結婚して以来、事件は続いていた。夫自身もきまりが悪くなったようで、四人家族でありながらもいつのまにか「仕事先から半年に一度の帰宅」をするようになっていた。

ついに節子が離婚届を提出した際、実に簡単にすぐさま「協議離婚」が成立した。それまで、約十年間の結婚生活では父親と滅多に会えなかった子供達に対して「お父さんは仕事で忙しいから、たまにしか家に帰れないのよ」などと、節子は無意識の内に夫を庇っていた。そのため何ひとつ実情を知らない子供達は、たまに会える父親に好きな物を買ってもらえることを楽しみにしていた。

一九七九年（昭和五十四年）九月、離婚が成立した事により、怒鳴り声が響くことのない平穏な暮らしを節子はスタートした。温もりが漂っているような新生活に感謝しながら、貧しい生活の中で精一杯の貯金をして、夏休みには二人の子供達と三人旅行を楽しんだりした。

しかも、離婚した母親を助けるため何でも手伝ってくれようとする小学校四年生の息子と一年生の娘の笑顔にも励まされていた。母子三人の前途も明るい再出発によって、何とも言えない幸福感と共に安堵感も味わうことができた節子は、平穏に暮らせる日常生活に喜びを感じていた。

離婚して二年半の間幸せをとり戻した節子に対して、ある日元夫が「再婚して欲しい！」と押しかけて来た。節子は必死で断りながらも「三点の理由」にはトコトン悩まされていた。

その「三点の理由」とは……

一、小学生だった子供達が「お父さんに戻って来て欲しい」と、父親との同居を求める懇願ぶりが「我が子に甘い母親」にとっては本当に辛く大きな落とし穴となっていた点。

二、母親が子供連れで離婚する事に対し、非難する風潮の強かった時代でもあったため、亡き父母が健在だった頃に「孫達のためにあなた達夫婦は再婚する事が一番！」と説得し続けた点。

三、「ワシが悪かったという事を深く反省している。これからは絶対に苦労させない事を誓うから再婚してくれ」と、夫が泣きながら土下座して謝った点。

これら三点が同時に起きていた離婚生活の折、夫からの養育費の金額は家賃にも満たず、生活費は勿論のこと、子供達の将来を考えて節子は必死で働き、多忙を極めていたため、親しかった友人との付き合いすら節子の方から避けざるを得ない状況であった。

そのため、前記三点の理由に対して節子への「応援はゼロ」の孤立無援の状態であった。文字通り「八方塞がりの日々」を過ごしながらも「平穏で、怒鳴り声の聞こえない幸せな三人生活を守るため、元夫との再婚だけは絶対に避けるように頑張らねばならない！」と、自分一人で戦っていた。

ところが元気だった娘が倒れ緊急入院したため、夫は「今がチャンス！」とばかりに見舞いに来て娘の機嫌を取った。仕事と看病疲れで弱っていた節子だが、娘が思ったより早く快復して、元気いっぱいに退院したことが何よりも嬉しかった。退院祝いの夕食の時「面白い話をしてくれるお父さんに家に戻って来て欲しい」と、娘が頼んだため、元気になってくれただけでも有難いと思っていた節子は、大きな不安を感じながらも再婚を決意した。

一九八二年（昭和五十七年）二月に再婚した節子の不安は、思ったより早く的中した。約一週間後には節子は夫に怒鳴られて、全てが「元の木阿弥」となり、土下座した際の詫び言葉も白紙となっていた。しかも、節子へのイジメは日増しに酷くなり、回数も増える一方だった。

なぜなら、節子が二十三歳で結婚して離婚する迄の十年間、外泊が多いため子供達との会話が殆ど無かった父親と比べて、一度も離れたことのない母親である節子は子供達との繋がりが遥かに強かった。そのため、母と子が自然に愛し合っていることに気づいた父親が、妬み始めたのだ。

両親に対して気を遣うばかりの子供達からは笑顔が消えて、互いにピリピリとし合うようになってから、日常生活に於ける家庭の雰囲気が日増しに暗くなって行った。

どこの家庭でも母と子の意見が合わない時があって当然なのに、父親はこの時とばかり百パーセント子供達の味方をして、「母親へのバカ者扱い」の態度を強くして行った。命令口調で節子のことを怒鳴りつける日々が続き、「父親こそが一家の王様」として君臨し始めた。

ところが再婚した翌年から老いた舅、姑と同居する事になり、舅が購入した二階建て住宅に一家で引っ越すことになった。一階には舅、姑の老夫婦、二階には息子である元夫と節子たち一家四人が同居して以来、節子は老夫婦に心配させないため、二階に於ける生活の実態を見せないように気を付けていた。

一階と二階の玄関が別々になっていた上、俗にいう「嫁いびり」も無く、教養のある老夫婦からは節子なりに学べる事が多かった。二階に於ける夫の仕打ちが酷くても、「子供達の成長を支えにして希望を持てば、情けない生活にも耐えられるはず！」と節子は考え、「イジメに対して我慢せざるを得ないという複雑な思い」を積み重ねながらも、流れゆく年月に身を任せて過ごしたのだった。

一九九五年（平成七年）、阪神淡路大震災が起きた一月には、すでに姑は亡くなっていたので、舅の世話をするため節子の寝室を二階から一階に移した。節子は毎日舅の話し相手をしていたら、明治生まれの舅に喜んでもらえることが嬉しかった上、節子自身の息抜きにもなっていた。

大地震直後の大変な生活の中、遠方に住む友人、知人から必需品を送られる事が本当に有難く節子は心から感謝していた。関東地方に住む息子の大学卒業と娘の米国留学が重なり、子供達への仕送りに追われていた時に起きた大惨事だったため、周囲に暮らす人々と同様に電気やガス及び飲み水の工面など、日常生活は大変でも心の中では張り切っていた時に事件が起きた。

この大震災から三週間後の二月初旬、舅はまだ元気だった頃で、遺産を得ていなかった夫から高利貸し業者への返金を、節子は再び土下座して頼まれた。

全て最悪の状況だった大震災直後に受けたショックによって倒れた節子は、救急車で運ばれた病院に約一ヵ月入院した。

妻への冷酷な扱いや金遣いの荒さなど、舅には夫のことを何一つ告げ口しなかったにも拘わらず、退院した直後から夫のイジメが更に増えて来たため、節子は苦しみに満ちた日々を過ごすようになった。入院時の二月に節子に対して土下座した事に対する復讐のような妬みと憎しみに満ちた「バカ扱い」が次第に酷くなってきたことなど誰にも言えないため節子は悩んでいた。

二〇一一年（平成二十三年）、約束を破り続けた夫に対して、節子とは別居するよう説得してくれた今は亡き実母のお陰で再別居が実現した事に、節子は心から感謝していた。夫は近くに自ら住まいを見つけたため、節子は一人、質素な生活ながら平穏な空気の中に安らぎすら感じていた。しかしこの穏やかな生活は、僅か半年でスパッと断ち切られた。

再び同居を求める夫が、しつこく頼み始めた言葉……その一つ一つが、見事に計算しつくされていたため、節子にとっては何年経っても「一生忘れない夫のセリフ」となり、時々思い出してしまうのだった。

「……お前を冷たく扱った事を後悔しており、この年齢では怒鳴る元気も無くなった……。万が一、再び怒鳴りつけたりしたら、ワシの方から家を出て離婚に同意することを誓う！

今のような一人暮らしを続けていると朝食時から酒に頼ってしまうため、緊急入院したりして大変な事になりそうだ……。もし、お前が再同居を断るのなら、ワシにも考えがある……」

（しばらくの間、沈黙の時が流れた後……夫は声を荒げながら、興奮して言った）

「遠方で幸せな家庭を築いている息子と娘に相談して、ワシの面倒を見るために同居できるように頼むつもりだ」と、まるで押し付けるような勢いで力を込めて話した。

昔と同じ失敗（昭和五十七年の再婚）を繰り返したくなかった節子は頑なに拒否して、この再同居を必死の思いで断っていたにも拘わらず、最後の言葉を聞いた途端血の気が引くようなショックを覚えて、フラッとよろめいた後しばらく動けなくなった。

大人になって成長したとは言え、必死で育てた我が子達が健康で幸せである事のみを祈る一人の母親として、この「脅し文句のようなセリフ」には、従わざるを得なかった。「結婚した子供達に余計な苦労をかけたくない母心」に負けてしまった節子は、この脅迫的な要求に応じたことについて「再同居する人生への、空しい切なさ」を痛感していた。

二〇一二年（平成二十四年）、夫が再び自宅へ乗り込んで来た。「同居したら絶対に怒鳴らない」と約束していたのに、その一週間後には徹底的な妻イジメがスタートした。

ある日、再び倒れ救急車で病院に運ばれた節子が四人部屋に入院した際、見舞いに来た夫に対する言葉遣いについて周りから目を丸くされたことがあった。同室にいた主婦達は、夫が病室から出るや否や驚きながら口々に言った。

「初めてみたわ！　まるで、お殿様に話しているみたいだけど、あんなに気を遣わないで、もっと気楽に話せる夫婦であるべきじゃないかしら？」と、親切心から節子に忠告してくれた。この頃までは節子自身「自分たちの夫婦関係の異常さ」について考える心の余裕も無かった上、夫に怒鳴られないように常日頃神経をピリピリさせることで精一杯だった。この主婦達の言葉によって正しい夫婦の在り方に気づかされた節子は、自分の無知さをあらためて認めざるを得なくなっていた。夫の気晴らしとして繰り返されたイジメに耐えて、辛抱する事に慣らされていた自分の愚かさが見事に判明した時だった。

しかも毎日、一個だけケーキを買って夫が病院に通った件について、裁判では「妻を愛しているため連日のように見舞った」とカッコよく伝えていたが、真相は、病室から早く出て、病院の近くにあった自分の行きつけの店に立ち寄って、最低五〜六時間は楽しむのが目的であった。

この時点より本格的に離婚を求める決心がついていたにも拘わらず、極めて勘の鋭い夫は、節子の退院後すぐに妻の本心を察して警戒するようになり、何を話しかけても「面白い話なら聞くけど、それ以外の事なら、何も話しかけるな！」と巧みに逃げていた。そのため、泣き寝入りの日々に疲労困憊の中でジックリと考えた節子は、遂に決めた。
「そうだ！『夫は旦那様！　妻は使用人』の感覚がなくならない以上、夫から離れる以外に生き残れる道は無いのだから、思い切って家出をしよう！」と、節子は固く決意した。

二〇一五年（平成二十七年）四月、亡母の一周忌を終えた節子は、朝昼晩と妻をイジメて喜ぶ夫の言動に耐えられなくなり、正式に離婚するため同年秋に本格的な家出を決行した。「節子名義のマンションだから、一ヵ月あれば戻って来れるはず！」と、隠れた夫の誠意を信じたため、「家出という形で計画的に追い出された実態」について全く気付かなかった。しかしながら、家出先に於いて「夫への疑問点」が次第に膨らみ始めて来た。

なぜなら、置き手紙を残した後自分の衣類以外、自宅の家財道具など触れないで家出をした妻に対し、何も知らなかった夫はビックリ仰天してすぐさま妻に電話をかけて来るだろう！　と思った節子は、携帯電話を手放さずひたすら自分に対してこう言い聞かせていた。「夫はきっと反省しているに違いない！　家を出て三ヵ月目となる平成二十八年の正月には、自ら誓っていた『同居した後も再び怒鳴ったりしたら、必ず離婚に同意するという約束』を守るため、きっと連絡が来て正式な離婚が成立することを信じよう！」と。

しかしながら、一ヵ月以上も音信不通が続き、たまりかねた節子から電話をかけると、夫は元気な声で勝ち誇ったように言った。

「勝手に家出したのだから帰って来なくて良い。どこで飢え死にしても構わないから、サッサと消えてくれ。このマンションはワシの物だ！」と。得意満面のセリフを聞いた節子は愕然とした。いじめ抜いて計画的に追い出された実態……まるで泥水の入った大きい桶の中に、夫の方から力いっぱい突き落とされたような強烈なショックを覚えて目を丸くした。

結局、耐え難い仕打ちに遭《あ》って自宅から追い出された節子は、極度の貧困生活を余儀なくされた。その上、その家出先の住まいから、更に家賃の安い物件へ引っ越さざるを得なくなった。

栄養失調と過労により、路上で倒れた節子は、救急車で運ばれた病院で、二ヵ月余り入院した。ヨロヨロしながらも正式な離婚を求める裁判に全身全霊の思いをかけていた。

ところが、裁判所に提出された「夫からの主張書面」は嘘だらけだったため、これを読んだ節子は唖然として、しばらくは声も出なくなってしまった。

「突然、貴・家庭裁判所から、離婚調停に関する文書が送られ大変驚いております。何の前触れもなく、何の予定もなく、突然家財道具を持って家内が出奔しましたので、この行為をどう解釈したら良いのか、どう対処したらよいのか、いまだに五里霧中……」など、現実とは正反対の内容の文章であった。しかも裁判時において、夫である当人が細かく説明する際に出た言葉は、「妻を愛しているため絶対に離婚したくない。我が家に帰って来て欲しい」云々の内容。

裁判所の命令が出るまで一円すら出さなかった実態を、上手に隠していたことが判明し愕然とした節子は、深い落胆すら感じていた。それと同時に、「わがままな妻に操られた、哀れな夫への同情を求め続ける、作り話に満ちた世界」から一日も早く解放されたい切望に襲われて、精神的にもクタビレ果てた心境だった。その反面、「妻の生活苦を長引かせて『少しでも早く消えて欲しい』と望む本心が判明した以上、負ける訳には行かない！」と、節子は今まで体験した事を思い出しながら、あらゆる角度から冷静に現状を見直すことによって、より新しい思考をめぐらせようと考えた。

「何をしても愚図でノロマな性格の私だからこそ、その劣等感と戦うため地道な勉強を続けて来たに過ぎない。どこにでも転がっているありふれた話なのに、思いも寄らない嫉妬心で膨らんだ憎しみを持つ夫は、世間体があるため妻には伝えられなかった上、彼の特徴でもある『気の弱さ』が大きなマイナス面となった。

この実態に気付かず悩み続けていたが、裁判になったことによって、この『覆われていた幕』が開かれて来たのだ……！　精神的な段階において、一段上にのぼれたような気がする……！

今は亡き両親と、いつか天国で再会する時に堂々と結果報告が出来るよう、これからは『妻に対する殺意』と戦うのだ！　大切に育ててくれた父母の名誉にかけても真っ正直な態度を貫き通して、この裁判には絶対に勝たねばならない！」と。

そして、この「殺意」という言葉は、小説や映画にしか出てこない「特別な単語」と思っていた節子は「夫の心の底から噴き出している妻への殺意」が自分に覆いかぶさっていることに気付いて以来、何とも言えない絶望感と恐怖心に襲われていた。

それと同時に、今まで味わって来た「過去と現在」の大変さについて、案じる事よりも、逆の観点から考える事に節子は気付いた。そのため、これから先は「現在と未来」の二点を希望の眼差しで見つめながら、重なる難関を乗り越えて行く勇気をつかみ取ろうとしていた。

二〇二二年（令和四年）、裁判も七年目に入り、夫が「嘘だらけの書類提出」を続けていたとはいえ、その度に節子が「嘘である証拠となる書類」を提出し続けた結果、夫の提出分が嘘であった証拠が、次々と立証されて来た。

すると今度は、節子が提出した証拠書類の文章に合うよう夫の書類が書き直されて、日付を工夫し「言い訳していることが丸見えの作り話」ができあがり、何度も同じことが繰り返されて来たのだ。

令和三年四月に、節子を大いに驚かせた「本件建物明け渡し通知書」が、約十ヵ月後の、令和四年二月に再び（同じ三名の弁護士名が記入され）提出された。明け渡しの通知書が二回も届く事など思いもかけず節子は目を丸くしたが、弁護士よりすぐに処理してもらえて有難かった。「嘘のカケラも無く伝えて来た節子の言い分」の全てが裁判所で認められて「大喜びした解放感」も束の間、夫側の控訴による「ガッカリする絶望感」を与えられた時の体験が、再び節子の脳裏に浮かんで来た。

不思議なことに、これらの体験を思い返すことによって、節子自身の考え方が変わってきたのである。ジックリと思考する事により新しい見解を持とう！　というふうに考え始めていた。

なぜなら、今まで夫から与えられて来た精神的重圧にて「我慢する感性」を積み上げていた節子は、「自分の老化現象を、自ら早めて来た言動の失敗」に気づいたからである。「夫に苦しめられた妻」には違いないが、このような「大人げない落ち込んだ感覚」を、別の角度から見つめようとする「大人としての感性」を持ちたいと考えていた。苦しい事の多かった過去を表す黒色を加えながらも、虹のように彩られた人生の色模様について、悩む前に腰を据えて味わい、その彩りを楽しみたいと思うようになっていた。

それは毎日毎日、そして来る日も来る日も、容赦なく浴びせられる苦しみを、笑い飛ばして生き抜くことであった。

軽やかな微笑みと大らかな感性を持って他者と接することにより、どんな裏切り行為を受けても、その犯人を恨まずに生きる方がはるかに楽である事が、節子にもわかって来た。

ヒドイ仕打ちを続ける夫の内面に隠れている長所を、別の角度から見つけ出して大らかに受け入れるようにすれば、更に豊かな生き方が自然と見出せるような気がした。

お世話になる弁護士や裁判官の誠実な対応に、感謝の気持ちしか出て来ない節子は、同時に思い出してしまう「五十余年も味わってきた暗い過去」の記憶が、代わる代わる心を揺さぶり、その喜びと悲しみはまるで左右に動く柱時計の振り子のようだった。

代わりばんこに心が揺さぶられている内に落ち着いて来た節子は、北極から南国に引っ越したような、何とも言えない「心のぬくもり」を感じ始めていた。

太陽と海が楽しめる南国諸島と、凍て付く北極への旅路を出たり入ったりした人生で、節子が長年悩んできた夫からの「妻に対するイジメとダマシ」が、とてもバカバカしくて、浅ましくも情けない過去に思えて来たのだ。

結婚して以来、数えきれないほど何度も裏切られながらも、夫の精神的成長を信じようとした節子自身の甘さに対して、すでに「心理的な処罰」を受けていた。その中でも「息子から憎まれる処罰」は、節子にとって一番きつい体験だった。その処罰体験により、「すぐに許してしまうお人好しな失敗は、二度と繰り返すまい！」と自分に言い聞かせながらも、ブキッチョな性格が災いして起きた多くのシクジリを、節子は素直に受け止める事にした。良く言えば「純粋な気持ち」、悪く言えば「アホ丸出しの行動」を実践して来た不器用さのために、「執拗なイジメ」に、マンマと引っかかっていた過去を省《かえり》みながら、夫が持つ独特の個性により起きた「過去のデータ」を改めて思い返す事にした。

「誰もが尊敬している作家や役者たちが持つ特別な才能を、偶然にも普通の会社員だった夫が持っていたため、無意識とは言え次々と話を作り上げてしまう作家魂、及び見事な演技力によって編み出された事件ばかりが続いた！　あれほど巧みな演技であれば、誰一人気づかなくて当然で、周りの誰もが夫に同情すると同時に妻が悪人と思われても仕方の無い話で、自分に同情されることが嬉しくてたまらない夫本人も、話す相手の変化する表情を映画監督の目で見て楽しんでいたに違いない」と気づいた節子は、今までの体験を新たなる観点から見つめなおす事にした。

まずは「父親に対する子達からの愛情」を素直な気持ちで認める事にした。「夫の仕出かした罪」など、できるだけ過去のものとして見るように心がけて、あるがままを受け止めて行こう！　と考えた。

なぜなら「自分が話す内容全てを相手に信じさせる、類まれなるワザ」を持っているにも拘わらず、その特技について肝心の夫自身が、全く気付いていない点である。

その点「作り話を、いつのまにか本人自身が『これは実話である』と思い込んでしまう、世にも珍しい性癖」が付きまとっていたのだ。これに麻痺している夫自身、年齢的にも気づかないままである点……。この実態を知った節子は、大発見したように感じた。

この特技から生じた激しい暴風雨と荒波によって、妻が傷ついて苦しむ姿を見ることを、夫自身の娯楽として楽しんでいた。「めったにない性格が作り上げた家族の悲劇」であり、今まで聞いたことの無い「異様な人生街道」を歩んでいたのだ。

節子が再婚せざるを得なかった昭和五十七年、優しくて明るい中学一年生になったばかりの息子もまた「この悲劇による、一番の犠牲者」と思い始めた節子に、当時の光景が浮かんで来た。

愛に満ちた母子の関係を潰したいと思った夫が、遠方に住んでいた息子に対して伝え続けた話はこうだった。「相談したい事があれば何でもワシに話せば良い。賢そうに見えても、頭がヤラレているバカな母親だ。放っておいてもワシが面倒みるから安心して任せておけ。バカからの手紙は開かず処分して、もう相手にするな。ずっと無視して構わないから、後はワシに任せろ」等々。得意気な電話を廊下で耳にして、節子が惨めさに打ちひしがれた体験は、一度や二度でなかった。

尊敬できる恩師や友達に恵まれていた妻に対する嫉妬心がこれほどまでに強かったことにも驚いたし、自分の演技力に対して夫本人が百パーセント酔っていたといえるほど見事な話術であった。

若い頃から続いて来た夫自身の失敗歴の全てを知っている妻は、夫にとって、このうえもなくうっとうしい存在であったため、一日も早く消えて欲しいと思っていたのだ。

自分だけが「立派な男」と周りから評価して欲しいあまり、この世から妻を追い出したくてたまらなかった夫の気持ちが、今の節子には手に取るように目に見えて来た。なぜなら、妻を家から追い出すや否や張り切った夫は、当マンションの改装委員会の役員になるため一番に立候補していた。その事が妻にバレた時の逆恨みなど、妻への感情の歪みが次々と表面化して行った。「朝から晩まで、何かにかこつけてイジメ抜いた挙句、いたたまれない気持ちにして家から追い出す」という、極めて小賢しい手段により追い出された妻が、家出先ではじめて真実を知り茫然となった時や、家の権利まで取り上げようとした仕打ちを受けた衝撃にブルブルと震え上がった事など、徹底した妻イジメによる、「大きな体験」の数々が節子の脳裏に浮かび上がって来た。

最近の「大きな体験」と言えば、夫との再婚を望む他の女性の存在が突然明るみに出た事である。

令和四年の春ある有名なスーパーマーケットで新しくポイントカードを再発行する事になり、その件を伝えられた節子も長年使っていたカード変更のため、指示通りに申し込みを終えた。数日後、その店より思いもかけない確認の電話があり、節子はビックリ仰天したのである。「ご主人より十七歳下の女性が同一所帯人として申し込んで来られたけど、この方は同居中の妹さん？　それとも姪御さんの名前ですか？」と言われた。驚くべき内容に節子は目を丸くした。

この件に関して、節子の弁護士から店に問い合わせた際、夫側の弁護士より返信があった。

「ポイントカードの件は、家事手伝いを頼んだ女性の名前で、腰が不調な時に買物を頼めるよう、便宜上カードを夫婦として申し込んだが、同居していないためなにも問題はない」との事……。

余りにも不自然で作り話であることが丸見えに感じた。

「手伝いの人に買物を頼む時にポイントカードを貸す事は十分にありうる話だけど、今回のように、正式な形で夫婦名でポイントカードを申し込んだ上、その女性の生年月日に至るまで『妻』の記入欄に、わざわざ書かせたりするかしら？」と節子は首を傾げた。

色々なつらい体験を味わった節子は、これからの人生を、明るく考えようと心がけていた。

「今まで多くの困難を引きずって来たけど、あらゆる真実を知る事が出来た幸運に感謝しよう！　お陰さまで、遅咲きとは言えチョッピリ賢くなれたかもしれない！

あの自己嫌悪とは、もう、グッドバイ！

離婚が成立した後は、もう、何も恐れることは無いはず！　これから先、どんな裏切りを受けても、自分に与えられた人生における彩りのひとつとして素直に受け止めよう！

両親からはじまる、私を愛してくれた人々がいた事と同様に夫のように妻への妬みや憎しみを持ち続ける人もいる。これが俗にいう『人生〜人世』の実態なのかもしれない……。

相手の言葉をすぐ信じてしまう私自身の愚かさを笑いたい人は笑えばいい。これからは、逆にあらゆる困難の崖っぷちをこちらの方から乗り越えながら、朗らかに生きよう！」と。にこやかな笑顔が節子の心の底から溢れ出て来た。それと同時に現れてきた、柔らかい魂の花々がゆるやかに咲き始めていた。

暗闇から、フワ〜ッと現れてきて、次第に明るくなる朝焼けのさわやかなワンシーンが、節子の前に浮かんで来た。


「そうだ！　仲良しだった友達に会って思い切り話そう！　彼女達も、色々な事を経験しているため、会って話したら、きっとサッパリした気分になれるに違いない！」と思った。

ワクワクしてきた節子は、さっそく彼女達に誘いの電話をかけた。用件に対して、「……裁判で、あなたも大変だと思うから、気休めに愚痴など色々な事を喋って、私達も大いに発散しましょうよ！」と言われた。節子は嬉しさと共に、何とも言えないぬくもりのある安らぎを感じたのだった。

第三章　三人そろって言いたい放題

学生時代に親しかった友人と一人ずつ別々に会っていたことはあったが、グループでの再会は七年ぶりであった。ピアノ教師だった良子と、専業主婦だった佳代の二人が来てくれることとなり、節子が楽しみにしていた「言いたい放題」の時を迎えたのだ。

久しぶりに会うために節子は少し興奮していたが、笑って更に増えて来たシワを見せあいながら、三人そろって確実に高齢者への仲間入りしている実態を互いに認め合っていた。

穏やかな空気の中で、テーブルに並んだコーヒーやお菓子類から美味しそうな匂いがフンワリと漂っていた。

「足の弱い私のため、わざわざ来て頂いて本当に嬉しいわ」と満面が笑顔の節子に対して、二人とも口を揃えて「とんでもない！　嬉しい思いは『お互いさま‼』なのよ。前回集まった時同様、他人には話せないような胸の内に溜まっている事を、これからたっぷりと出し合いっこしましょうよ！」と答えた。

和やかな雰囲気の中で、コーヒーを飲みながら、まずは良子からしみじみと語り始めた。

「ピアノの件では半年前まで小学生を一人だけ教えていたのだけど、コロナ禍やオンライン授業の問題もあり『ピアノは毎日の練習が必要！』などと生徒に強要できなくなってねえ。悩んだあげく、教える事が大好きだった私の方からレッスンを断ってしまったのよ……。生徒への情が残っていたためか、会えなくなった時は正直なところ寂しかったわ。だけど、ただひとつ救いを感じたのは、電話でその生徒の母親から言われた言葉よ。『学校から帰宅するのも遅くなる上に、宿題に追われて全く練習できない状態が続いた事を、先生には申し訳なく思っております。しばらくレッスンを止めますが、ピアノだけは他の先生に代わって頂く気持ちなど全く無いのです。毎日の練習ができるようになり次第、先生に再度レッスンをお願いしたいのでどうか娘の事を忘れないで下さい』と、頼まれたの。私は昔から典型的な教師一筋だったので、生徒達が順調に上達することを、余りにも強く求め過ぎていたのねえ……。かえって、相手に精神的な負担を与えていたような気がするわ。

今では十年前に止めてしまった生徒達に対しても、不思議な御縁を感じるようになって来たみたいでねえ……。つまり、会えなくなっても御縁のあった生徒達への愛情は残ったままなのよ。その上、生徒数がゼロとなった寂しさの反面、この数ヵ月自分の中に不思議な感性が芽生えて来たことに些か驚いているの。だから今回は、この話を是非とも聞いて頂戴！

特に最近は、私自身が毎日たとえ短時間であっても、ピアノを欠かさず練習する事によって目の前に現れて来る新しい音楽の世界に、何ともいえない大きな魅力を感じ始めたわ。その上、そこに洋々とした広がりすら味わえる事には、私自身がビックリ仰天しているのよ。

昔じゃ考えられない話だわ。特異な感性のように思われるかもしれないけど、私としてはやっと大人になれたような気がするから我ながら驚いているのよ。だけど、年齢的には当然の感覚なのかもしれないわねえ……。

ピアノを愛する事により、一日も欠かさない練習が実生活の習慣になって来たようだから、『昨日はショパンと会ったから、今日はシューベルトと話しましょう！』なんて、独り言を言いながら弾き始めると、若い頃には味わえなかった、何とも言えない楽しさを感じるようになったのよ！　以前は多忙だったから毎日の練習を大変なことみたいに思っていたんだわ……。最近になって感じる演奏の喜びを『老いゆく私への、唯一のご褒美！』と考えるようにしたのよ……。

以前、離婚するまでが大変だったことを思い出したけど、絶望感による不眠症を長引かせながら自己嫌悪に陥って苦しんでいた頃、とても暗い気持ちになっていたわ……。

でも『日《ひ》にち薬』に依って、どんな辛いことも、過去形に変えて、気楽に話せる時が必ず来るみたいねえ……。私も、かつてはその日にち薬を睡眠薬と一緒に飲み続けていたみたい……」と。


何度も頷きながら、興味深そうに聞いていた節子と佳代の二人のうち、節子が先に話し出した。

「年齢と共に素敵な経験をしているのねえ。大変な離婚を体験しながらも明るく前向きなお二人を見習って、私もそんな離婚ができたらと思っているのだけど、こんなにも裁判が長引くなんて。私自身、いまだに信じられないわ……。

『不幸な争いという形となる離婚裁判の大変さ』が、身に染みてわかるようになったのよ。

どんな形の離婚でも、色々な事を悩み続ける点においては、どなたも一緒だと思うけど、私も不眠症が続いた挙句、ついに倒れて入院した事もあったわ……。

今まで誰にも言えなかったけど、法律関係に対する自分の無知さに呆れ返ったの。泣き寝入りする失敗を繰り返して来たことなど、離婚という戦いの中では当然の話かも知れないわねえ。

色々な失敗を経験したことのある人ならみんな、大なり小なり悩んでしまうことも一緒みたいよ。今の私は、二ヵ月に一度の裁判が、先方である元夫の作戦によりズルズル引き延ばされて不安が増加するばかりで、離婚が成立するまでの大変さは経験者でなければ理解できないと思うわ。その代わり、ついに離婚が認められた時の気持ちを想像すれば、口では言い表せないほどの感動と安心感が与えられることを信じたくなってくるのよ！

離婚を経験したあなた達と会えて、私も少し勇気が出て来たみたいだわ！」と。

その時、佳代が大きくコックリとうなずきながら言った。

「そうよ！　『苦あれば楽あり』の言葉通り、今は暗い夜でも、いつか必ず明るい朝が待っているのだから、あなたも裁判が終わった時には、きっと一皮むけたような感覚を持てるに違いないわ！　その上、何とも言えない安堵感や喜びも感じるはずよ！

私の場合、専業主婦だった事によって身についた、知恵のような発想に対する何とも言えない面白さや、目を丸くするような驚きが体験できた事を、裁判が終了したからこそ発見出来たみたい。それはね……、使い慣れた台所や居間の家具に対して何かしようと思い付いた時は、あらゆる工夫を試みたりして、すぐに実践する事にしたのよ。今はもう私に文句を言う人がいなくなったため、安心して行動できるから、張り切っていたのねえ……。

するとと意外にも『大発見だわ！　シメシメ！』とまさか自分が有頂天になるなんて、離婚が現実となる日までは全く思いもよらなかったことが体験できたのよ！

今日はその話を是非とも聞いて頂戴！……

最近の話をすると、押し入れの中にしまっていた、ガッチリとした丈夫な段ボール箱を重ねるなど工夫をして『固めの段ボール製の書棚』に替えたのよ。そして、客間にある大きな書棚に入っていた書物や図鑑などを重いから少しずつ日数をかけて『段ボール書棚』に移したの。その後、空になった元の大きい書棚を丁寧に拭いてから、セーターやカーディガン類の色を合わせて各段に置いたのよ！　すると、古着ばかりなのにまるで『専門店の衣服売り場』みたいになって、見ているだけで楽しくなった上に、服の出し入れ等々の日常生活が非常に便利になったことが、本当に嬉しかったわ……。

だけど、気を付けないとダメねえ。……自分の好きなように家具を動かした後でも、必ず気にかかる事が起きて来るのよ……。元々客間にあった書棚のため、中身を入れ替えた後はそのガラス戸から衣類が丸見えになることが気になって、色々な方法を考えてみたわ。

その結果、古いけれど洒落た絵を捨てずに持っていたことを思い出したのよ！　その絵をガラス戸の裏側から貼ったら素敵な家具に変身して、思わず『大成功！』って叫んでバンザイしちゃったわ！　これは『単なる自己満足』に過ぎない話かも知れないけどねえ……」と言いながら、照れ笑いをした。

それを見た節子は、パチパチと拍手をしながらニコニコして話し始めた。

「大成功！　って感じねえ……。離婚が成立した上、色々な生活の工夫をしてバンザイ出来るなんて、本当に楽しそうだわ。すぐにでも見習いたい！　と願いつつ、以前お話ししたと思うけど、円満に離婚にこぎつけようとしても夫は逃げてばかりで、やむを得ず私が家出して裁判が始まった後自宅に戻れた時は、料金を払えなくなる弁護士をもう断って、ひとりで戦おうと思った時があったのよ。だけど『ド素人の私ひとりで裁判に立ち向かう』なんて、どだい無理な話だったのねえ……。運よく新しい弁護士との出会いに恵まれたから、年金問題ひとつとっても、今の日本では男女間に大きな格差がある事を改めて教えられたわ。知らない内に妻の取り分が、最初っからずっと夫に取られっ放しだった話を聞いた時は驚いたのよ。

だから、その『配偶者控除額三十八万円』から『月額三万余円』だけはもらいたかったけど、夫側には三人の弁護士がついている裁判のため、私ひとりでは反論の仕様も無くて。令和三年三月から、やっと三分の一以下の『月額一万円』に決まったことなど、大事な裁判の時に自分を守ってくれる弁護士がつかない時は損をしてしまう、というい い例みたいだわ……。数多くある私の失敗談の一つだけど、計算して考える事が苦手な上、元々呑気だった性格がかなり災いしてきたみたいねえ……。しかも、この『月額一万円』が成立した翌月の、令和三年四月に何と先方から、自宅の明け渡しを求める通知書が送られてきた時は、ビックリ仰天したわ……。

今でも、すぐ思い出すのは、酔っぱらった夫が真剣な眼差しで、ベランダ側のガラス戸を開いた時に言った言葉だわ……。

『ここから落ちてくれ！　天国に行けば、両親にも会えるのだぞ！』

思わず、私自身も『この十六階から飛び降りたら、周りが大喜びするに違いない！』と、争い事の無い世界に引っ越したくなった位よ。そして、一番辛かったのは、元夫の口癖だった『お前は我が子から心底嫌われている。母親なのに、これほど憎まれて軽蔑されていたら救いようが無いなあ』と、勝ち誇ったように話した言葉ねえ……。やっと我が家に戻れた時から約二年後、彼が同市内のマンションに引っ越した際電話で『引っ越し疲れで弱り切っている体力』の話を聞いた時は、『演技が得意な彼には二度と騙されまい！』と、内心決心していたのよ。すると『立ち上がるのも大変な体調のため、生きているうちに話せるのは、今回が最後になるかも知れない』と、今にも死にそうな声で話した途端、バタン！　と大きな音がして電話が切れたまま全く通じなくなったり、市役所からも不通の連絡があったりして悩んだわ……。

『あんな大きな音だから、いつもの芝居でなく、一人で倒れているのかもしれないし動けなくなって大変なことになっているかもしれない……。思い切って夫の所へ行き、もし倒れていたら救急車を呼んで、まずは病院に運ぼう！　その後は絶対に会うまい！』と、固く決心してバスに乗り、晴天の中、彼のマンションに行ったのよ。

法律上、別居中も互いの家の鍵を持っていたので、十一時過ぎに到着して部屋に入ったら留守だった上、死にそうな病気だったはずなのに、二十二階にある角部屋の明るいベランダには、洗濯物や布団類まで干してあった事に驚いたわ。そしてまた、室内を見てビックリ仰天したのよ。愛用の帽子がズラリとかけられており、机上には落語、競馬、芝居や音楽会のチケット、及び健康風呂の回数券等々が雑然と並べられていた上、私とは音信不通である息子一家の写真や、会った事も無い孫の描いた絵まで飾ってあったのよ。重病人をよそおった演技の見事さがダントツに上手だったため、ダマシに慣らされていた私でさえ今回も騙されてしまったのだから、父親を信じている息子の言動など、絶対に責められないわねえ……。

今は、新しい弁護士に頼めるようになって結果を待つ状態なのよ。その上、お二人に会えたことが本当に嬉しいわ！　だけど久しぶりに会えたと言うのに、なんだか暗い話になったようで、ごめんなさいね。これからはもっと気楽なぶっちゃけトーク？を始めましょうか⁉」と言った。

すると、良子は、「あら？　暗い話とか気楽な話など、中身はどちらでも構わない事にしましょうよ！　内容の明暗など気にせず、思い付くまま好きなように話すことが一番だわ！」と言うと、佳代も「そうよ！　その通りだわ！」と言って、大きく頷いた。

二人の言葉を聞いた節子は、ホッとした表情で言った。

「良かった！　それじゃあ、この裁判の結果を待っている件ともうひとつ別の悩みがあるので聞いて頂戴……。常に『もう、忘れよう！』と、自分に言い聞かせている話だけど……。

昔、大変な初産で授かった息子から、母親である私が憎まれるように仕向けて来た父親の手段が益々酷くなって、最近では特に年齢が増すと共に、情けなさにも限界を感じてしまうのよ。

弁護士に全てを報告しているものの、度重なる夫のやり口には些か落ち込んでしまうわ。遠方に住む息子に対して長期間続けている『父親の作り話』から、息子が離れてくれない件を知った時は思わず息を飲んだわ。自宅の明け渡し事件と同時期に、重なって起きた話なのよ。

たった一人の孫を持つ祖母として、一生忘れられない体験だと思うわ……。夫からのバカ者扱いが続いていた私は、孫が生まれた時も会わせて貰えなかったし、出産祝いをはじめ誕生日プレゼントを贈った時すら『受取り報告のメール』が嫁から送られただけで、孫から『ありがとう』の声すら聞けなかったの。まるで精神的な拷問を受けているような、『心の痛み』を犇々《ひしひし》とかみしめていたのよ……。祖母としての惨めさを我慢していたけど、今年の孫の誕生日の言動は本当に辛かったわねえ。母親に対して完全無視を続けてきた息子が、孫の誕生日のために郵送した『孫に対する祝い』を開けもせず、なんとそのまま私に送り返して来たのよ！　しかも、その送り主の記入欄に孫の名前が記入されていたため、会った事もない孫に『親不孝する片棒』をかつぐ真似をさせたような気がして、情けなさを通り越してショックだったわ……。

母親に対する憎しみに満ちた息子の仕打ちが、次第に激しくなる実態を知った父親は、『効果抜群だった自分の名演技』に対してきっと自ら拍手喝采していたでしょうねえ。

今迄も耐え難い事件が多かったけど、今回のように息子から鉄の棒で殴られたような底知れない惨めさを味わうなんて、母親として最低の体験だと思うし、もうコリゴリだわ。

哀れに思っている父親を、息子は、何とかして喜ばせたいあまり、母親に対する冷酷な態度を続けているに過ぎないのかもしれないけど……。本当に、嘆かわしい話よねえ。

昭和五十四年に離婚した時小学四年生だった心優しい息子が、昭和五十七年、中学生になったばかりの頃に両親が再婚したため、その頃から長い間母親への憎しみが深まるよう父親より洗脳され続けた結果、『親不孝者の極み！』とも言える息子に成長していたのよ……。

変わってしまった息子とは、もう二度と会いたくない！　と思いながらも、愛情一杯で育て上げた息子の健康と幸せを祈る母親の気持ちに全く変化がないこと自体、何だか不思議でたまらないわ……。いつの日か『真面目に生きた母親に対する誤解が解ける時』が必ず来る！　と切望したにも拘わらず、『妻をイジメて泣かせる事を、最大の楽しみとする夫の珍しい性格』は、もう誰にも治せない『心の病気』なのよねえ。今はただ諦めよう！と、自分に言い聞かせているのだけど長年に渡って『母親の敵となるように仕込まれた哀れな息子』に同情したくなるのは、やはり、私の親バカ思考が消えない証拠なのかしら？」と、しんみりした声で語った。

聞いていた二人は互いに顔を見合わせた後、良子が静かに頷きながら話し始めた。

「大変な経験をなさったのねえ……母親としての悲しみが、痛いほどわかるわ！　だけど、以前おっしゃっていた『禍転じて福と成す』の言葉通り、これからは、何もかも良い方面に向かって進んで行くことを信じて頂戴！　そう、良い方面の話なら思い出したわ！


コロナ問題のため今はストップ状態だけど、以前病院に於ける小さなコンサートで、素敵な看護師さんから突然言われた言葉が、今も尚忘れられないのよ。

『昨年のクリスマス会で、会場に入れなかった私の母が病室のベッドで、あの演奏を聴いて感動して〈まさか入院中に、生の演奏が聴けるなんて、夢にも思わなかった〉と言って、涙をこぼしながら喜んでいました。あの三日後に亡くなったのですが、一言でもお礼が言いたかったのです！』と興奮した声で告げられた時、なんだか、グッときたわねえ……。そしてまた、あるホスピスで演奏が終わった時、一般席以外に、三台あった点滴付きのベッドに横たわっていた患者さんの一人から握手を求められたのよ。看護師さんに頼まれて、喜んで握手した時、病人とは思えないほど強い力で私の手を握ったまま離さないので驚いていると、横にいた看護師さんが優しい声で『ピアニストの方はお忙しいため、そろそろ手を離しましょうね』と患者さんに声をかけたのよ。すると、すぐに手を離したので、その顔を見たら、なんと涙を流しながら『ア・リ・ガ・ト・ウ』と、一所懸命に口を動かしていたの……。余りにも握手の力が強かった理由がわかり、心を打たれた私も泣きそうになったわ。

汗だくになりながらも、心を込めて演奏すれば、感動してもらえる時もあるってことが、私にとって大きな励ましになったのよ……、どんな世界でも、一所懸命に頑張る事で道が開けて来ると思うし、あなたは裁判中のため何も言えないけど弁護士がご存知なので、ご主人からの仕打ちは記録されており、結果においては、正しい審判が下されるはずよ……。

一日も早く離婚を認めて欲しい！　と切望する反面、その闘争心があなたにとって『若さの原動力』になるかもしれないのよ！　時間のかかる話かも知れないけれど今は体を第一に考えて、正義が勝つことを信じて戦って欲しいわ。『二度と起きて欲しくない体験』の中で、七転び八起きを繰り返しながらも、笑顔で挑戦しましょうよ！」と、励ますように思いを込めて話すと、佳代も頷きながら「同感、同感！」と、声を強めた。

この話を聞いて、大きな支えを感じた節子は、何かを思い出したように言った。「気楽に話せたり、気持ちよく聞いて頂けるなんて、我ながら本当にラッキーだと思う！　今の言葉『二度と起きて欲しくない体験』の話なら約四十年前、私も大好きだった高倉健など、素晴らしいスターが主役のヤクザ映画が流行していた頃の話を思い出して来たわ。

魅力ある素敵な俳優！　と、私も思うけれど、その役柄を真似する人が増えていた事まで知らなかったのよ。昭和五十四年、離婚して母子三人生活をスタートしたばかりの時で、子供達が通っている校区を変えたく無かったため引っ越し先での一回目の『自治会集会』のみ夫に参加して貰ったら、大変な事件が起きたのよ。なんと、抜群の演技力を持つ夫が、見事なヤクザぶりをご近所さんの前で披露したため、翌日からの生活が大変だったわ。

仲良くなりかけていた隣人や管理人夫婦など、誰もが私を見るなり、サッと背中を向けて離れるようになった上、私は誰からも相手にされなくなり、きわめて居心地が悪くなって、やむを得ず他の市に再び引っ越したのよ。同じ兵庫県内なのに、小学校一年生だった娘の教材が、殆ど違っていた事にも驚いたわ。細かい文房具に至るまで名前を再び記入しなければならなかったので、引っ越し前後の大変さと重なっていた事が、いまだに忘れられないのよ。

だけど、引っ越し先の芦屋市でも娘の稽古事などを通じて素敵な方々と知り合えたことが本当に嬉しかったわ。ある日、娘の高熱が続いた時、近所の内科医に風邪と診断されて何度か通ったけれど高熱が下がらず続いたため、そこの医院の先生が救急車を呼んで下さって、病院に運ばれた時の話よ……約一ヵ月入院したけれど、思ったより早く退院できたので、その内科医に『お陰様で、元気になりました』と、救急車を呼んで頂いたお礼を兼ねて挨拶に行った時、目を丸くするような話を聞いたのよ。なんと、娘の入院を知った父親が、その内科医に対して文句を言いに行った上、完全なヤクザ言葉で脅したため、すっかり驚いた医師が娘の入院先にも『父親がヤクザである』と知らせたのよ。そのためか看護師たちの態度が遠慮がちになった理由もわかり、その医師に対して無礼を詫びたものの、このような経過があったことは、夫自身きっと気づいていないと思うわ」と。

するとと、佳代が、懐かしそうな顔をしながら、口を開いた。

「いまだに夫が気づいていない話であれば、私にも忘れられないことがあるのよ。部下の結婚式で仲人を頼まれた時の話だけど、有名なホテルの披露宴で夫なりに精一杯の準備をして疲れたのか、自分のスピーチが終わるや否やグッタリと倒れるように深く椅子に座ったため、横に座っていた私も慌てて背中を丸めて頭の位置が同じ高さになるよう気を遣っていたのよ。他の来賓がお酒を注ぎに来た時はさすがに元通りに座り直していたけれど、すぐに同じ行動を繰り返して、他の招待客がスピーチや歌を披露している間ですら続いた夫のグッタリ状態にハラハラしたわ。慣れない仲人役だから仕方ないことだと思っていたら、再びハラハラした件が起きたの。その披露宴が終わり、ホテルの前で新郎新婦と其々の両親や親族が、仲人への挨拶や見送りのため予約したお帰りのタクシーの前で並んでいた時の話よ。突然、夫がホテル内に戻って行ったのよ。乗り込む寸前でタクシーのドアが開かれたままだったから、その待ち時間が非常に長く感じてしまって、思わず周りに頭を下げてしまったわ。

『思ったより長くお待たせして、申し訳ございません』と、私が一人一人に詫びている所へ、のんびりとハンカチで手を拭きながら現れた夫は、何事も無かったような平気な顔をしていたのよ。

この無礼なふるまいに本人は気づかなかったようだけど、丁寧な見送りを受けながら冷や汗が止まらないほどドキドキするなんて思いもよらなかった事だわ……。三十年以上も前の話なのに、今も尚あのシーンが鮮明に浮かんで来るなんて、不思議ねえ……」と。

この話に対して、キョトンとした表情を浮かべた良子は、
「あらっ、結婚式の話なら、私も同じような体験をしたのよ。甥っ子の結婚式で披露宴が終わろうとする重要な時間だったわ。新郎新婦の挨拶や両親への花束贈呈を行うため、其々の両親が四人そろって座席から立ち上がったのよ。四人が会場の前方に移動すると同時に夫も立ちあがったから、思わず上着を引っ張ったわ。私が『ちょっと待って！』と言うと、すごい目で私を睨み付けて、会場を出て行ったのよ。

その後すぐに花嫁花婿が『両親への深い感謝のエピソード』を、涙を流しながら

スピーチした感動的な場面が終わって、互いの両親に感謝の花束を贈り合う大切なシーンの最中に夫がハンカチで手を拭きながらトイレから戻って来て、座りながら言ったわ……。『おや？　式はもう終わる頃かい？』って……しかも、結婚式のクライマックスを迎える時に、テーブルから離れたのは夫一人だったため、準備されていた大切なシーンを汚してしまったような気がして『相変わらず気配りゼロ』の夫の態度を申し訳なく思ったのよ」と話した。

目を丸くした節子は、思わず大きな声で言った。

「まあ！　大変だったのねえ……。結婚式の話なら、私の場合は長男の結婚式で起きた事件だけど、今じゃ笑い話になりそうな話があるわ……。

息子のお嫁さんは、初めて会った時から『息子には、もったいない嫁さん！』と思って大喜びしていたのに、夫の作り話のせいで、私自身が、今まで聞いた事の無いような嫌われ者に仕立て上げられたのよ。

元々小柄だった私は六十歳代に入ってから脊柱管狭窄症のために背骨が弱り始めて、身長が毎年約一センチずつ縮んでいて、既に以前よりも八センチほど小さくなっていた時のことだわ。

息子の結婚式に、ドレスと一緒に正装用のハイヒールを持参する予定でいたら、しんみりとした口調で、夫が私を説得するようにこう話したのよ。

先方の話では、一人娘のお嬢さんで母親なら二人とも正式な留袖でないと困るらしい。うちは留袖は持っていないことを話すと『こちらで何とかしますから、必ず着物でお願いします』と頼まれた。結婚式当日に持ってくるそうだから、借りてくれと言われたので、その言葉をすっかり信じてしまった私は『先方の希望通りに合わせましょう！』と明るく考えて、何の疑いもなく結婚式場で豪華な留袖の一式を先方より借りることになったのよ。

素晴らしい着物で出席できることに私も喜んでいたのに、後日とんでもない話を聞いてビックリしたわ。父親と息子は二人そろって背が高いので母親も背の高い女性だと勘違いされていたようで、可愛い花嫁を引き立たせるためなのか、豪華な着物と共に今までみたこともない低い草履が準備された事に驚いたのだけど、息子が素敵な女性を妻に選んだことが嬉しかったのねえ……。

花嫁はハイヒール、花嫁のお母様は高目の草履、私だけがペタンコの草履だったため女性陣の中では特に小さく見えたかもしれないけど笑顔満載で喜びを表していたのよ。ところが服装について、ひょんなことから思いもかけない事実がわかった時は、本当にビックリしたわ！

後日、花嫁のお母様が話してくれた事実と、夫から聞かされていた話は全く異なって、夫の持っている作家魂による、完全な作り話だったのよ。お母様が話された内容は、

『……結婚式の前に、旦那様から〈家内はドレスを着る予定だったけれど、こちらのお母様と同じ留袖を着たくなったらしく、式場で準備しておいて下さい〉と頼ま

れたので、身内に頼んで留袖の一式を借りたのです』との事。この話を聞いた時は、驚きのあまりしばらくの間、口をポカンと開けてしまったわ。きっと、先方の身内の方々からも、

『花婿の母親は、なんとわがままな女性だろう！』と呆れられたと思うけど、夫と夫婦でいる限り、何かにつけて妻への誤解が増えて来た事件の多さに、私の方が呆れているのよ。

今は亡き母との喧嘩をはじめ、子供達や友人からの怒りや誤解の原因に夫が関与しない時が全く無かったことを思い出すと、もっと早く家出すれば良かった！　と思うほど彼の引き起こした事件が多かったわ。私との間に夫が入らない親友や米国の知人とは、四〜五十年間喧嘩などゼロのままずっと仲良く関係を続けられたことを考えると、揉め事が大好きな夫の、周りに喧嘩させることを楽しむ性格はもうどうしようも無いことかも知れないわねえ……。脚本家の才能が随所に見えかくれする夫によって、私は人生のどん底に突き落とされて来たけれど、妻が軽蔑されるよ

うに仕向けられて捏造されて来た数多くの誤解が、一枚ずつ剝がし取られて行く裁判のことを、非常に有難く感じるようになって来たわ。

長年夫から苦しめられたモラルハラスメントについて、色々な場所で学べた事や、離婚をするため裁判に訴えたことが、今では本当に良かった！　と思っているのよ。結婚式ばかりでなく、夫に関わることは何でも『ビックリする話』に変わるみたいねえ」と。


すると、懐かしそうな表情を見せた佳代が、旅行のことについて話し始めた。

「ビックリする話に変わる、の言葉から、昔の海外旅行を思い出したわ。今は亡き舅に強く勧められて『ロンドン・パリ・ローマ九日間の旅』をした時、夫が大きなビデオカメラを会社の部下から借りてきたのよ。日本との往復は飛行機だけど、現地ではバス移動が中心のため、夫は二人掛けの座席から見える景色を、その大きなカメラで撮り続けていたの。

隣席の私が外を見たいと思っても、殆ど見えない事にガッカリしながらも『今日一日だけの辛抱！　きっと明日からは普通のカメラに替えて私も観光が出来るに違いない！』と期待していたら、何と九日間の全行程で大きなカメラを手放さなかったのよ……。結局バスの車窓からの観光がまったく出来ないまま旅程が終わった上、大酒飲みだった夫の凄まじいイビキのためにずっと徹夜が続いたため『夫との二人旅行は、二度としたくない！』と、心底コリゴリしたわ……。

帰国後に旅行のビデオを見た際、広い丘や田園の多い所を、バスに揺られて撮影し続けたために『揺れっ放しの画面のみ』が映っていたのよ。余りにも酷い出来上がりだったので『海外旅行のシーンはテレビで見る方が遥かに良い！』と言いたかったけど何も言えなかった。だけどしょっちゅう怒鳴りつける夫も自覚したのかビデオの件は言わなくなったわ。

しかも、とあるクレジットカードの『ゴールド会員』になっていた頃で、毎月一万円（年間十二万円）が銀行口座から引き落とされていたため、通常の海外旅行保険にはわざわざ入らなくても良かったはずなのに、業者の勧めに乗って、あの当時十八万円もの海外旅行傷害保険を払ったことにビックリしたわ。

その上、その会員カードがあれば何でも買える旅行先で惜しげなく使った結果、信じられないほど利用ポイントが増えたため『カードのポイントによる最大級のプレゼントを得るチャンス』を生まれて初めて得たわけ。ところが、夫は他の事での金遣いの荒さが私にバレることを恐れたのか、月一度送られることを楽しみにしていた『ゴールド会員誌』に、私が触れる事さえ強く拒否したのよ。しかも、夫自身が、その雑誌を開こうともしなかったため、いつのまにか『ゴールドカードによる特典は期限切れ』となり、ガッカリした時の事も忘れられないわ」と。

これを聞いて、大きく頷いた良子は、

「ガッカリした話となると、二階建ての住宅で暮らしていた時のことが浮かんで来たわ。ベランダに干していた洗濯物を籠に入れて階段を降りていたら、滑って数段を落ちたのよ。思いもかけない事に、右足の第四指が折れたようで立ちあがるのも痛かったわ……。その時自宅にいた夫が近くの医院まで付き添ってくれたものの『数段落ちた位で、骨折するはずが無い！　サッサと歩け！　大げさに愚図ついてノロノロ歩くな！』と私のことを怒鳴り続けたのよ。あの傲慢な態度には本当にガッカリさせられたわ。途中に坂道のある徒歩五分の病院まで、激痛の最悪状態にて二十分以上かけて歩かせたのよ。

病院に到着するや否や、医師から『骨折している時は絶対に動かさないように』と強く注意された上、ギプスをつけてもらったので歩いて帰ろうとしたから、医師の手前きまりが悪くなった夫は、どんなに断っても私を背負って帰宅したものの、文字通り『後の祭り』だったわ。折れた指で無理やり病院まで歩かせたため、いまだに折れた箇所のゆがみが元には戻らないのよ。どんな事態であっても、自分本位で考えようとする性格は変わらないわねえ」と言った。

この話から、何かを思い出すような表情になった節子が話し出した。

「自分本位で考えようとする性格となれば、実母との一泊旅行が忘れられないのよ。前回みんなにお会いした時、この件について少し話したと思うけど、今回は詳しく話させてね……。

今でこそ、米国で大学卒業した娘を誇りに思っているけど、両親の不仲に悩んでいた娘が高校一年の時、苦しんだあげく学校を中退して一人住まいを始めた時の話よ。娘の将来を案じる余り不安と心配で、たまらない『悩みのどん底にいる母親』だった頃だわ。ある日突然夫から『お前のお母さんと一緒に温泉旅行に行きなさい』と言われて驚いた時、内心『娘の声が聞きたくてたまらない大変な時、温泉どころじゃないのに何故かしら？』と不審に思いながらも、夫には逆らえないため今は亡き母と二人で一泊旅行したのよ。

既に予約されていた旅館で『今ごろ夫は一人で食事しているに違いない！　望まない外泊だけど、夫の気持ちに感謝して、有難う！　と礼を言おう』と思って、電話を掛けたら『娘と二人ですき焼きを食べている』と言われて、ビックリ仰天したのよ。

どんなに会いたくても中々会えなかった一人住まいをしていた娘を、何故私の留守中に我が家へ招き入れたのか！　ショックで泣き崩れた私を母が慰めてくれたものの、情けない思いを通り越していたわねえ……しかも、その時、父親と娘二人がすき焼きを食べながら話していた内容は『節子は頭がヤラレているため、メンタルクリニックか、精神病院に入院させたい』と相談していたとの事……この話を聞いた時に、普段は滅多に聴かない曲の題名がすぐさま浮かんで来たのよ。五楽章あるベルリオーズ作曲『幻想交響曲』より第四楽章『断頭台への行進』という曲で、家出時の心境にピッタリだし、人間だけが持つ『魂の底なし沼』を表現していたのかもしれないわ。……いずれにしても、単なる驚き以上に、惨めさ極まる一人の妻として、わがまま一杯の夫から泥沼に突き落とされたような最悪の気分に陥った事が、いまだに忘れられないのよ」と。

これを聞いた佳代は、

「わがまま一杯の夫と言えば、子供達から有利に思われたくて色々な手段を取るみたいねえ。今の話から、裁判所での夫側の提出文を思い出したわ。子育てしていた時は忙しかったけど毎日の食事のために母親として精一杯の工夫をしていたにも拘わらず、退職した夫から『無職となり何もする事がないため料理をさせてくれ』と頼まれて、夕食のみ任せたわ。だけどたまに私が作ると『美味しい！』と感心していたのに、離婚裁判で提出した文書には『原告は料理が不得手であり云々』とあって驚いたわ。自分から得意なんて言えないけど、料理上手な母に育てられたため工夫をする事が好きだし、子供達が食事の時に見せる嬉しそうな笑顔が忘れられないのよ」と言った。

すると、良子は、何かが浮かんで来たように、しみじみとした表情で語った。

「離婚の話って年齢を重ねれば重ねるほど様々な体験が増えるのねえ……喜ぶ事と悲しむ事に同じ重さを感じたことを思い出したわ……若い頃、留学先で初ピアノ・リサイタルを終えて寄宿舎を出た後、とてもお世話になった米国人夫妻宅にて暮らしていたのよ。

そこから帰国して約四十年間、文字通り『心の両親』として、ずっと支えて頂いた上、娘の米国留学時まで面倒を見て下さって、敬愛する『魂の両親』として文通も続けたわ……。

帰国後も誕生日に電話をかけて『ママ』と呼んでいた方が、八十七歳で急死した悲報がファックスで届いた時は、絶句して大泣きしながら返信したのよ。

『……ごめんなさい。この葬儀の日は、病院のホスピスに於けるリサイタル日と、同日です。今までどんな時でもコンサートをストップしたことが無いため、葬式には行けません。

プログラムも既に用意されているため、ママに贈るつもりで演奏します』と、葬儀に参加できない旨を伝えたにも拘わらず、一晩泣いた後、思い切って行くことに決めたのよ。

いきなり『すぐ出発したい』と言って、急に航空券を確保するのは本当に大変だったわ。演奏を断った病院にも申し訳なかったけど、私自身が高熱を出した時や実父が亡くなった時ですら事情など一切話さず演奏の直前に美容院へ行き、笑顔でボランティア演奏を続けて来たため、今回のみ『一生に一度の変更』として許して貰えると思っていたのよ。

そしてリサイタルの予定だった朝、ポートランドに到着して直行したお葬式に於いて、はじめは『突然の死で金曜の朝十一時開始のため、多分三十人くらいの参加者?』と思っていたら、なんと五百人以上の人々が駆けつけたことに驚いたわ!

涙を流して再会を喜んで下さった八十九歳のパパと家族一同をはじめ、世話になった人々、そしてイギリスやハワイからも弔問に来られた方々と久しぶりの出会いがあり、別の面から懐かしさも加わったため、ママも天国から微笑んでいるような気がしたのよ。

だけど、目が真っ赤に腫れあがるほど、思いっきり泣いたことを思い出すと、両親など、愛する人と別れる時の悲しみ同様、他者に理解して貰えない離婚成立に於ける苦しみなど、あらゆる面で果てし無い悩みが付きまとう人生を送ってきたことを痛感したのよ。それぞれに与えられた宿命であるため、辛くても乗り越えて行くしか生き残れる道は無い！　と思ったわ。

特に離婚の件は『社会の一部』と考えるべきなのに世間から認められないケースが多くて『互いに嫌になって離婚するのは、わがままで利己主義な性格である証拠だし、自分勝手な連中が多い』という誤解が残っているようだけど、決してそんな連中ばかりじゃ無いのにねえ……。悩んで耐え抜いたあげく、離婚を選ぶ人々が大半であることを、一人でも多く知ってもらいたくなった位よ！　夫と別れて一人きりになっても決して自信を失わないため『生きることは　一筋がよし　寒椿』（五所平之助）のように考える事にしたのよ」と。

久しぶりに、句を聞いた佳代は、嬉しそうにニコッとして、

「俳句や短歌はあまり詳しくないのだけど……好きだった短歌を思い出したので、聞いて頂戴。『にごりなき　こころの水にすむ月は　波もくだけて　ひかりとぞなる』（道元）なの……。

あらゆる事が誤解されっ放しである運命には目をつぶろう！　と、開き直る事にしたわ。この歌の表現を借りれば、にごりの無い心の中、誰にでも見ることができる月によって、悩んでいた波も、くだかれながら光になってくれるのよ！　私も、あなたと同様、今は成長した息子や娘がまだ子供時代に見せてくれた笑顔によってタップリ助けられて来た思い出があるため、今はそれで充分ではないか！　と思うのよ。離婚出来てやっと落ち着けるようになったのねえ。

離婚を求めていた時は、つい相手のマイナス面ばかりを大きく捉えて見ていたけれど、どんな相手でも長所を持っていたはずなので、離婚した後こそ先方の長所を

認めて、他人になると同時に『良き隣人』になれたらいいと思うわ……。離婚という『救い』によって、それまで追い詰められていた自分が変化し、ゆったりとした気持ちで考えられるようになった事が不思議なのよ……。

『互いにプラスになる面の長所を持っていたからこそ結婚を決めた過去を忘れないで、離婚後は少しでも相手の健康を思いやる気持ちを保とうという、もうひとつの感情を忘れない事が離婚実現の裏側に隠された、人として一番大切なこと！』だとか、以前なら気付かなかった事ねえ。そうそう、私も同居していた舅から前夫について珍しい話を聞いて驚いた事があるのよ。近所で花火をして楽しむ子供達を見て、高校生だった息子がパトカーを呼んだため大騒ぎになった話や、大学時代の下宿先で、びしょ濡れの靴を履いたまま室内に入ったため家主から『出て行け！』と怒鳴られて土下座して謝り、仲直りが出来た話等々、周りをかき乱すことが趣味だったみたいねえ……。驚いてオロオロしていた私を、まるで映画監督のような目で見て楽しむという前夫の性格は、節子さんのご主人と似ているようだけど、これもそれぞれの持って生まれた才能が仕出かす行動の一つみたいだわ……。
離婚したからこそ情けない思いで一杯だった気持ちを、前向きに持って行く事が出来た過去を思い返すと、何が起きても逆の面からも見直すようにして、何でも落ち着いて考える方が良いかも知れないわねえ……」と言った。

すると、節子は、首をかしげながら言った。
「そうねえ……。落ち着いて考えるのは良い事だけど、別の観点から見ればあまり落ち着かなくても良いみたいだわ。年齢を重ねる私達の老化現象など落ち着いて考えると、首を傾げたくなる疑問ばかりが出て来るのよ……！　なぜ、こんな疑問が出て来たか、わかるかしら？（照れくさそうに、ニヤッとした顔で話を続けた）
老い行くテンポに驚き呆れさせるような老化現象の速さは、日に日に鏡が教えてくれるみたいよ。普通の年齢なら、顔など毎年老けて行くものだけど、老いると、それが毎年ではなく、毎月、毎月、時には毎週のように老けて行く老化テンポの速さに気付いたわ。

毎朝洗面所で顔を洗った後、たいていの人は、化粧水を付けて顔をパタパタするじゃない？　私もパタパタした後、鏡を見て『あら？　思ったよりシワが少ないようだから、実年齢より若く見えるかも……』とウキウキしてたのよ。だけど現実は悲惨！

たまに美容院に行くとシワやシミが、クッキリハッキリ見えて来てガッカリしながらも、気が付いたわ……。我が家では鏡が古くてぼやけて映るため、シワもシミもあまり映らなかったのよ。美容院では、プロが使う良い鏡を使用するため、私を年齢のまま、時にはさらに老けて映す！　という切ない現実が表れるのよねえ……。

初めは『ここの鏡は、どうなっているの!!』って文句を言いたかったけど、思い直したわ。美容師の話に応えつつ鏡を見るフリをしながら他のことを考えて、なるべく自分の顔を見ないことにしたのよ。つまり『心の盲目状態』を保つこと！

（再びニヤッとした）

ところが、何でもかんでもすぐに笑ってしまう癖が治らないため、笑い皺が増える一方となる点は、美と若さを求める私達にとって残念極まることだと思わない？　私達も人生のドン底につき落とされると、不思議なことにその悩みが一皮ずつ剝がれてプラス面が加わることを喜ぶと同時に、顔の老化ぶりも確実に加わってくるのがイヤだわ。

ついでにこの顔も、悩みが剝がれるように、シワの分のみ一皮ずつ剝がれて行けば良いのにねえ……ところが、オットどっこい！……そうは行きません！『シワよ！　シミよ！　私の顔から、ただちに消え去ることを命令する！　鏡の前のみで良いから、一度だけでも私をトップ・クラスの顔に見せなさい！』と命令口調で叫ぶのよ！

心の中で『泣き虫、怒り虫、笑い虫』等々、いくつもの虫が暴れる時には、とりあえず叫びながら歌うことにしたわ……。何でも歌に変えてしまう、歌手に変身するのよ！

『笑い虫さ〜ん、出番ですよ〜、そして泣き虫さんと怒り虫さんは、もう寝なさい！』と。

そしてまた、やまびこが聞こえるほど大きな声で、『本当は、大変だったのよ〜……』って、世間に訴えるように、歌えれば良いのにねえ……。

（持参された菓子と茶を出した節子は、二人の笑い声と共に、話を続けるように促された）

それはそうと、ニュースで知った話だけど、男女格差を示すジェンダーギャップ指数に於ける日本の数値を見たら、本当にお粗末で情けなくなったわ。

一位はアイスランド、二位はフィンランド、三位はノルウェーで、なんと日本は一四六か国中一一六位であり、先進国の中では最下位なんですって……。

前回日本は一二〇位であった事を考えると、ほんの少しマシになったのかもしれないけど、私自身、今回の裁判にて男女差の酷さを痛感したのよ。だから、これからは、ありとあらゆる夫婦関係を真正直に表現することによって、あらゆる差別を減らしたいと思ったわ。……人間として生まれたことに自信が持てるようになり、愛する母国の誇りを本物の形にしたくなったみたいねえ……。その上私自身が質素な生活を続けているためか、あらゆる発見を生み出すチャンスが与えられているような気がするのよ。

これほど長引くとは思わなかった裁判が今年中に終わってくれるのか、あるいは、更にズルズルと続く事になるかもしれないけど、もう、焦らないことにしたわ。

長い年月離婚を求めて戦っている内に、男女格差における差別まで痛烈に感じられるようになった事を『精神的な恵み』と考えて、このこともまた、世間に訴えたくなったのよ。

つまり『離婚を認めて欲しい！』という長年にわたる個人的切望と、男女平等の権利を求める願望との二本線が、これから生き残るための指針になっているようだわ。

言いたい放題に喋ったら、なんだかスーッとして来たという事は、まるで老い行く私達へのご褒美をもらったみたいな気がするし、人間として生まれたからには、五十歳でも百歳でもみな同じような気がするのよ。あなた達が選んだ句や歌には、同感、同感って感じで、腰を据えて益々幸せを築き上げたくなったわ。

そうだ！　思い出した！　私も、歌が……、良寛の歌が浮かんで来たのよ！『世の中に　同じ心の人もがな草の庵《いおり》に一夜かたらむ』の心境だわ！」という感謝に満ちた節子の言葉で、懐かしさと安堵感を振りまいた出会いに幕が下りた。

友達との出会いを喜び感謝していた節子は、何をしてもすぐに疲れやすくなっていたため、これからの生活についてしみじみと考えさせられた。家事が簡単に出来ていた若い頃と比べれば、六十歳を過ぎると疲れ易くなって当然だ。なのに、節子の場合はなんと七十歳に近づいた時に、冷暖房機の無い極貧生活に飛び込んでスタートした裁判は、約二年間の家出を経て、遂に八年目を迎えていた。久しぶりに会った友達に励まされて張り切っていたにも拘わらず、彼女達と別れた途端、急激な老化現象に襲われていた。知らぬ間にコテンパンに弱っていた体力と年齢がぶつかってしまったのか、何をしても疲労困憊を感じていたのだ。これほど強烈に、「疲れ果てた老体に陥る」なんて想像も出来なかった。節子自身きれい好きな性格のため、掃除や洗濯を早く終えたくても何度か休憩せねばならず、長期に渡って溜められて来た疲労の塊りが一気に降り注いで来たのだ。体内で何かが爆発しつつ消滅し始めているように感じてグッタリした節子は、テレビを見ている最中に他に用がある時は、何かに掴まって立ったり座ったりしなければならないほど極度の疲労感に参っていた。彼女達との有意義な出会いを終えた際「これからは腰を据えて幸せをガッチリ築き上げて行こう！」と張り切っていた自分が信じられないほど『老化テンポの速さ』に震えあがっていた……。

そんな時、弁護士より連絡があった。「離婚が成立しました！ 先方は、控訴審を開くこともできません」という嬉しい知らせに感謝しながらも、雑事が残されていた。令和四年の二月には再度の建物明け渡し通知書が送られたり、ポイントカード事件が起きたりして裁判が続き、神経を使いっ放しの日々を過ごした後だった。

友達との有意義な会話と弁護士による嬉しい報告が一挙に被さって来た節子は、長期の裁判疲れが伴って一瞬ぼーっとしていたが、明るく考え直すことにした。

「気苦労が重なって生じた疲労感が老化を速めていたに過ぎない。もっと早く離婚が成立していたら、体力的にも精神的にも大喜び出来ていたはずだが、年齢の流れは、誰にも止めることが出来ない。今まで私を助けて下さった方々のように、『愛情を大切にする人生』を、これからの目標にしよう！　大変な問題が起きても、『エイッ、エイッ、オウ！』と叫びながら、ほがらかな笑顔で生き抜くのだ‼」と。

「別離《わかれ》とのたたかい」から「老いとの戦い」に変貌した節子の心中には、凛々とした「希望の噴水」が、より高く、そして、晴れやかに舞い上がっていた。


（完）

著者略歴

さかがみ　さちこ
本名＝阪上 祥子。ピアニスト。大阪音楽大学短期大学部ピアノ科を卒業後米国留学。昭和42年オレゴン州ユージーンにて初リサイタル。昭和48年日本にて初リサイタル。昭和61年カルチャーセンター「ふじんのへや」をスタート。英語専門塾「SEA」に改名し、15年間塾長を務める。現在ボランティア・ピアニストとしての演奏活動を継続中。編著書に『シーソーの人生』『ドアの向こうには？』『不思議な夢』『とある＊カップル』『とある・カップル＊続編』がある。

別離《わかれ》とのたたかい

著者
さかがみ　さちこ

発行日
2023年 3月30日

発行　株式会社新潮社 図書編集室

発売　株式会社新潮社
〒162-8711　東京都新宿区矢来町71
電話　03-3266-7124

印刷所　錦明印刷株式会社

製本所　加藤製本株式会社

ISBN 978-4-10-910245-2 C0093
価格はカバーに表示してあります。